어두운 빛

아파 보고서야 알게 된 것들

어두운 빛

여조 시집

좋은땅

누구보다도 부족하고
모자라고 어리석었던 사람이

시를 만난 찰나로부터
결핍되어 있던 모든 위로와 안정을 찾았습니다.
내면의 악함과 비열함을 마주했습니다.
부끄러워 내리깎은 이면의 선함과 동경을 회복했습니다.

그간에 용서치 못해 적이라 부른 이들을 용서했습니다.

짧아 마음으로조차 담지 못할

삶에 새겨져 있는 감동을

이 손으로 쓸 수 있다면

얼마나 좋을까 꿈꿨습니다.

누군가 저의 글을 읽고서

세상을 조금이라도 더 사랑하게 되시기를.

내달려온 길

잔가지에 스치듯 생긴 작은 흉터들부터

사고처럼 부딪쳐 각인되어 버린 상실까지

모든 것들을 사랑하게 되시기를.

비로소, 삶과 나를 마주하게 되시기를 응원합니다.

여는 말

우리네 삶에는 불행에서밖에 찾을 수 없는 것들이 있습니다. 어쩌면 응당 겪어보아야만 하는 고난이 있습니다. 해보지 않으면 결코 얻을 수 없는 가치와 배움. 무엇보다도 경험코서야 더 뚜렷해지는 행복이 있습니다.

사람은 어려운 시기에 성장한다는 고리타분한 한마디가,
몇 년간의 고된 숙성을 거쳐 이 시집의 주제로 안착했습니다.

저는 감히 고백하고자 합니다. 저를 올바른 방향으로 이끌어 준 건 밝은 빛이 아니었다고. 어두운 빛이었다고. 어렵고 험한 선택과 환경, 금방이라도 도주하고 싶은, 결코 조화를 이루지 못할 것처럼 고통스러운 상태였다고.

어두운 빛과는 달리 이름 그대로 밝은 빛은 익숙한 조건, 쉬운 선택, 여유로운 시간 그리고 장소에 함께합니다. 노력할 필요를 느끼지 못할 정도로 이상적인 환경 사이에 숨어 그저 살면, 그것으로 충분하다고 믿게 하지요.

하지만 삶은 극복하지 않으면 나아갈 수 없습니다. 끝없는 고난의 나열이 우리에게 주어진 인생이기 때문입니다. 이것은 어떠한 형태로든 모두에게 같습니다.

그러나 밝은 빛이란 아늑한 환경 속에서 아픔에 대응하는 법을 배우지 못한 사람들은 조그만 고통을 마주했을 때도 간단히 좌절하고 맙니다.

이것은, 사람이 겪는
가장 보편의 허약함일 겁니다.

우리는 이로부터 벗어나기 위해 '직면'하길 결심해야 합니다.
회피해오던 어려운 선택들을 되돌아보고 가시밭길인 걸 짐
작하면서도 나아가기 위해 미지로 뛰어들길 택해야 합니다.
갓난아기처럼 선택을 너늠으며 어둠 속에서도 여전히 빛을
발하는 해결책을 찾아 나아가야 합니다.

다행히 어둠 속에도 희망은 있습니다. 앞서 험난한 여정을 시작한 선행자들의 발자취가 그것입니다.

너무나 옅고 바람 하나에도 휘청거리어 뒤따르는 사람을 끊임없이 의심하게 하나, 차근차근 후회란 단어와는 거리가 먼 성장, 경험, 기회, 발판, 배움, 동기, 배려, 존중, 이해, 대화, 용서, 성찰 등의 가치로 인도하는 빛이 있습니다.

이것이 부정적이라며 내내 외면해왔던 곳에서부터 찾은 최고의 가르침. 삶을 살아감에 있어서 무엇보다도 절실한 힘. 끝내는 내가 그러했던 것처럼 후대들이 우리에게서 발견하게 될 빛. '어두운 빛'입니다.

이 책에는 제가 그 어두운 빛을 따라 나아가는 과정에서 이해하게 된 가치와 아름다움, 아픔을 담았습니다.

부디 여러분이 사라져 잊힐 것들보다 사라짐에도 잊히지 않을 것들에 힘을 쏟으시길, 종국에는 사랑. 여정에서 마주하게 된 자신의 못난 부분부터 그를 닮아 미운 사람들까지. '남들'이 아닌 '우리'를 둘러싼 세상마저노 모두 다 사랑하게 되시길, 2년을 담아 소원합니다.

사랑할 수 있는 영역이 넓어지면
살아갈 수 있는 영역도 따라 넓어집니다.

목차에 크게 신경 쓰지 마세요.

읽고 싶으신 시를 날마다
마음대로 꼽아 읽으셔도 됩니다.

불규칙함과 우연이 삶을 더 풍족하게 한다고 믿기에,
여러분에게도 제 시가 우연으로 기억되길 바랍니다.

목 차

10月

11月

12月

01月

02月

10月

별자리

저기, 별자리를 이루는 두 별은
서로가 멀어지고 있다는 걸 알까

애초에 서로를 알까
알고 있다면 사이는 좋았으려나
더 가까웠던 때에는
자주 이야기 나누었겠지

장난도 치고
다투기도 하며
서로 사과하다가
마주 웃고

익숙해져 있다가
지금쯤에야 깨닫기도 했겠지

서로에게 "너는,

그리도 빛나는 별이었구나" 하고.

애달픔

애달픔.

잃지 않으면

결코 알 수 없을 잔향.

삶에 씌우는 우산

세차게 내리던 소나기가
갑작스레 모습을 감추면

저 비 연모하는 이가
우산을 두고 나왔나 합니다

그런 식으로 생각하며 살면
비가 그치든 말든
웃음이 그치는 날이 없기에.

근거 없는 허세

실로는
전혀 괜찮지 않다는 걸 안다
그러나
괜찮아지리란 것 또한 안다

전자에 비해 후자는
무심코 빗대어 보기를
근거 없는 허세와 같다지만

누군가는 그 허세를 희망 삼아
나날을 버틴다.

잔상

지그시 눈을 감아도
잔상 되어 아른거리는 이유는

으레 형광등이 그렇듯
당신이 빛났기 때문입니다.

이상

새들이 난다

올라도 올라도 닿을 수 없을 듯한
양떼구름이 빼곡히 달린, 하늘을 배경 삼아

시선 위로의 몇 구름의 스침과
의심에 떠밀리듯 뱉는 한숨은
'어차피'란 이름의 수치스러운 합리화다

자리를 뜨려는 답답함의 위로
순간 비웃듯이 날아오르는
눈을 가린 깃의 그림자를 향해

알면서도 나는
처절하게 묻고 만다

움찔하는 이상이여!

내게는 정말로 자격이 없나⋯.

초라한 마음이었을지도

건네기에는 초라해진 이 마음을
종이비행기에 실어 보내려
산들바람에 놓아주려 시도하길 오래입니다

어쩌면
이루어질 일은 없었을지도

그런
가벼운 사랑이었을지도

늘 있던
흐름이었을지도

늘 이런,
초라한 마음이었을지도

모를 일입니다.

기억중독

독보다도 두려운 건
기억하는 날들.

빼낼 도리 없이 혈관을 타고 도는
후회와 자책.

차마 남에게는 겨누지 못할
서럽도록 날 선 단두대.

감시자 하나 없이 고립된 규율을 달고서
처형자를 찾아 떠도는
죄수의 인생.

남의 색

내색하기를 포기한 당신에게는

그래서 그런지

남의 색이 가득합니다.

강아지풀

보들보들한 느낌이 좋다는 이유로
고사리 같은 내 손에 한가득

걷는 길 옛 생각이 난다는 이유로
굳은살 박인 내 손에 한가득

꺾어든 것도 여전히 강아지풀이고
꺾어낸 손도 여전히 내 손인데

이제는 하나도
부드럽지 않구나.

없는 것

그림자도 해가 꼭대기에 자리를 잡으면

마땅한 형편을 내동댕이치고서

구석 아래로 엎드려 제 몸을 감추는데

괴로이 마음은

숨길 자리조차 없어서

다른 자의 앞

훤히 보이는 이 시샘이

실로는 없는 것이라며

매번 억지를 부려야만 했다.

고백

그대가 그대를 몰라도
그대는 그때를 사랑해야 함을

나조차 나를 모르더라도
나로서 모든 날을 사랑해야 함을

임이 이를 알지 못하더라도
여는 영원을 응원하며 사랑하리라.

억지웃음

힘쓰지 않아도 웃을 수 있던
과거의 아이야 미안하다

네가 자라 된 어른은
힘쓰기 위해서 억지로 웃는
오늘의 내가 되었구나.

별이 아니라서

당신을 비추던 별은 하늘에 걸린 채 그대로인데
별이 비추던 당신은 떠나고 없네요

문득 제가 별이 아니라 다행입니다
저보다 더 밝게 빛내는 인간을 어찌 잊을까요
분명 하염없이 그대 부재한 땅을 바라보다
숨이 멎어갈 때쯤엔 슬픔 못 이기고서
그대 고향 위로 몸을 내던졌겠지요

그러나 저는
당신 향기 되어줄 꽃들을 불태우고 싶지 않고
당신 그늘 되어줄 나무를 쓰러트리고 싶지 않고
당신 그리워하는 마음으로 오갈 숲길도
망가트리고 싶지 않습니다

그래서 참 다행입니다

그대 떠나고 고작 할 수 있는 게
울분하고, 통곡하고,
추억하는 것뿐이라 다행입니다

제가 저 별이 아니라서, 그 모든 일 참고 훗날
조용히 당신 옆에 묻힐 거란 게
참, 다행입니다.

모닝콜

초등 시절부터 고등 시절까지

나의 아침을 깨우던 애정 어린 목소리는

언젠가부터 휴대폰의 알람으로.

가로등 같은 사람

높은 곳에서 반짝이면
넓게 비출 수 있지만
그만큼 손 뻗기가 어려워서인지
얼룩이 지극히도 쌓여있다

내겐 도울 힘이 없어
위태로운 사랑아
하더라도 정을 거둘 순 없어
하염없이 머물게 되는 사람아,

가로등 같은 사람아⋯.

고슴도치 딜레마

삶은 고통으로 가득하다던 철학자
그가 기르던 고슴도치가 두 마리라고 했던가

글쎄다.

홀로 있음에도 늘어나는 상처들을 보면,
그가 기르던 고슴도치가 몇 마리라고 했던가

인간은 늘 가슴속에 자신과 꼭 닮은
고슴도치 한 마리를 품고 살지 않는가

적당한 거리가 필요함은
우리 자신과도 마찬가지이지 않은가

글쎄다,

그가 기르던 고슴도치가

한 마리라고 했던가.

눈사람

어젠 가을과 봄 사이
네가 아는 겨울

두꺼운 복장의 거리와
달보다 새하얀 입김

덜 지워진 발자국과
겹 위로 쌓인 눈 무더기

쓸쓸함 못 참아서
봄 찾아 마중 갔나,

이제는 가을과 봄 사이
네가 모를 겨울.

온도 체크

예전엔 도전하고 싶은 게 생기면 '풍덩'
온몸이 젖을 정도로
무작정 뛰어들곤 했는데

요즘엔 도전하고 싶은 게 생기면 '톡'
과연 적절한지
온도를 가늠하는 게 먼저가 됐다.

숨

고요한 밤에 문창 틈을 드나든 바람과
종종 턱에 사뿐히 내려앉는 숨

곤한 잠결의 와중에도
쉬이 둘을 구별하는 이는 누구인가

눈도 뜨지 않은 채
지그시 느끼는 새벽

아래에서 들리는 풀벌레 노래와
그게 시끄럽다는 풀들의 실랑이
슬쩍궁 비치는 달빛, 흐름 따라 팔랑이는 커튼

너는 내 숨을 앎으로 여름밤의 바람을 알고
바람을 앎으로 내 숨을 구별하니

그저 자연의 숨을 앓으로

사람의 숨을 간직한다고 하네.

껍데기

생명인 양 우쭐대고
홀로 선 사막에선
제 누군가의 장군인 듯 껄떡대도

남 보기엔 든 거 없이
자그락대는 껍데기야

구원일랑 내가 할 수 없는 행이니 불쌍히 하며
바다나 하늘은 몰라도
삶에는 '님'이나 '야'가 없는데

위선에 겨워서 네가
끊임없이 네 죽음을 설득한 탓이다.

손길

손 안 닿는 등의 어딘가를
귀찮다는 듯 긁어줄 한 명조차
더는 남아있지 않다는 사실이
얼마나 외로운 일인지

씻어도 긁어도 그리운 손길이
도저히 잊히지가.

11月

레몬 아이스티

죽었나 살았나
조그맣게 뚫린
천창을 벗 삼아

어설픈 어린아이
싹 틔울 의지 품은 씨앗은
내내 자책을 일삼다

턱 끝까지 차오른 물결에
미련처럼 가진 단꿈을 풀어내고
건조하는 제 피부를 응시하며
남은 혈을
쥐어짜 울다가

조그맣게 천창 뚫린

투명한 컵을 관 삼고.

기도

지난밤의 기도들은 한결같이 동일하다
어찌해야 제게 해를 가한 이들마저
진심으로 사랑할 수 있겠습니까

물론 그것은 가장 큰 상처를 입혀 온
나 자신을 포함한 청이었다.

트라우마 합리화

대부분의 사람은

해보지 않고서 실패할 거라는 태도로

앞선 실패를 경험하고선

그걸 근거로 삼아

어차피 또 실패할 거라며 두려워한다.

장례희망

용서와 복수 가운데
무엇이 더 달콤한지 물으신다면
망설임 없이 복수라 하겠습니다

용서와 복수 가운데
무엇이 더 위대한지 물으신다면
망설임 없이 용서라 하겠습니다

용서는 시체를 장사하는 일이나
복수는 시체 곁에 나란히 누움과 마찬가지이니

기어코 제 손으로 무언가 묻어야 한다면
저는 필히, 시체와 함께하려는 저를 묻겠습니다.

사는 법

기대하지 말아야 한다.

기대지 말아야 한다.

기다리지 말아야 한다.

기도하지 말아야 한다.

증인

미워하는 모든 것에도 끝이 있듯이
사랑하는 모든 것에도 끝이 있으리라

그것이 일평생 부정하고 싶었던
당연하기 짝이 없는 진실이었으나

어제 유일한 증인이 떠나고
이젠 끝이 있으리라는
두 어귀만 남았네요.

춤추는 모습이 좋아

춤추네
하염없이 춤추네

슬픔에 겨워 춤추고
겨를에 머물러 춤추네
티 날까 봐 상모로 눈물을 떨치고
그리움 달래려 허공 손짓을 동작 삼네

술 취하지 않았소, 바람나지 않았소
떠나지 않았소, 곁이었소

먼 날 때 되어 다시 재회하거든
나 춤추는 모습이 좋다 하여
여태 사랑했다 하겠네.

장례

복수라는 명으로
묘비를 세워 기억하리

그릇된 길과 가까워지는 날이면
앞에 무릎을 꿇고 앉아
별에게 죄악을 고하리

마저 품는 땅으로
울어 악을 뱉어서
복수의 장례를 희망하여
제 발로 악과 이별하리

나를 묻어 나를 낳아
증오와 이별하리.

병명: 변명

총알을 꽃으로 대신했으니
전혀 아프지 않으리라

명목 있는 폭력은 나를
죄 없는 구원자로 기억시킬 테고

감기지 못해 응시하던 시선에는
편견 없는 사실만이 서렸으리라

항상 그리 변명하며
신뢰를 쏴 죽여왔습니다.

풀백 모터

앞서려 온갖 용을 써봤지만
정작 진실에 닿은 자들은 모두

우선 몇 발자국을 물러나
전체를 바라보는 사람들이었다.

나는 어떠한가

아기는 넘어지면 울고
꼬마는 넘어져도 웃고
학생은 넘어질까 불안해하고
성년은 넘어지면 짜증을 내고
부모는 넘어져도 멈추지 않고
노인은 넘어짐에 익숙해하고
현인은 넘어지길 두려워 않는데,

흡악

흡연을 자주 해
담배 냄새가 혀에 뱄다는
그의 이야기를 들은 난

비난을 자주 해
악의가 배긴 혀가 들키려나
부끄러워 침묵만.

스키조프레니아

가고자 하는 곳이 남아있다면
뿌리 내릴 이유가 없다.

나를 옥죄는 감옥이라면
뿌리 뽑지 않을 이유가 없다.

근간부터가 그릇된 방향이라면
뿌리 삼을 이유가 없다.

매미

구슬프게 울고
한량없이 웁니다

아버지 청춘과 노년의 유산
허물 자락을 찾으러 왔서늘

저번 여름과 이번 여름 사이에
그것이 양분으로 스며 곧
이 나무를 키웠다고 하니

애도를 삼키는 데에도 길을 잃은 탕자는
오로지 망각 너머
아버지의 목소리를 흉내 내며

홀로 자란 그루에 기댄 채로

단지

계절을 웁니다.

첫눈

첫눈이 잠깐 오고서는
뚝, 그쳤다

아마도 밑으로 내릴
준비가 덜 됐나 보다

불구하고 기대하고 있을
겨울의 사랑들을 위해서

곧 찾아가리라는
다정한 예고 한 움큼을

첫눈이라는 표현으론 부족할

툭

튀어나오고만

백색의 바람을.

자해의 시대

믿음을 깎아 확신을 만들고
확신을 박아 걸음을 세운다

아이러니하게 분명 못임을 앎에도
지식인이라 떵떵기리는 이들은
누구의 못이 더 큰지를 자랑하기에 바쁘고
가루어 못 박히지 못한 이들은
주홍빛 글씨를 써대기로 바쁘고

우리는 자해의 시대를 살고 있으나
누구도 자해의 시대라 부르진 않으니

모두가 그것을 가해라 확신하기에
칼로 그은 살이 타인의 것이라 믿기에
믿음을 깎아 확신을 만들고

확신을 박아 걸음을 세운다

누구의 것을.

누구의 것을…:

화조사

시린 저 겨울에게도 한 송이의 꽃을,
어디서 구했는가 묻거든

나 한 일은 옮김뿐이니
봄에게 물으라 답해주시길.

겉어른

생각을 멈추자
몸은 가벼워지고
곧 유아로 돌아가매

인정받고자 어른으로
목 죌 만큼 관념의 옷을
껴입고 껴입어 온 까닭이라.

모를 길

좁아진 나의 보폭은
걷고 있는 길의 탓인가

뒤돌아볼 틈도 없이
나아가길 강요당함은

무의미하기 때문인가
저 멀리 답이 있기 때문인가

살얼음 위를 내딛는 기분
밀려날 듯한 낭떠러지

나를 서 있게 하는 건
진정 생명의 무게뿐인가

저 끝에는 무엇이 있는가

얼마만큼의 위대함이 있길래

한걸음에도 이토록

처절해야 하는가.

빗방울

내려가고 올라가기를 반복하는 네게
고향은 과연
땅일지, 하늘일지

오르락내리락
만일 너와 내가 같다면
나의 삶도 오르기 위한
잠깐의 머묾은 아닐지

너 얼른 고향을 찾아라
나도 금방 고향을 찾을 테니

그래야 우리 방황
물웅덩이든 한낮 구름이든

맘 맞는 이슬끼리 떠들다가
웃음으로 다음을
기약할 수 있을 테니

아, 나 또한 빗방울은 아닐는지
우리로는, 비가 아닐는지.

개미학살

악에도 정도가 있다던 당신
기준이 무엇이냐는 물음에
사회의 시선이라 답했지

그래서 저 많던 개미들은
한 치의 망설임 없이
무참히 밟아 죽인 건가

그들의 비참한 절규가
사람들 귀에 닿기에는
부족하리만치 조그마해서?

종소리

귀 기울여 살포시 고대한다
교시의 끝을 알리는 종소리

오늘까지가 세상에 대한 배움이었다면
모레부터는
나에 대한 탐구가 있기를

감람색의 칠판 위로 지백색의 호기심
족적을 뒤따르는 몇 줄의 이야기가 새겨지기를.

새벽살이

자리를 잡고 누우면
그곳이 관인 줄 알아

머리끝까지 차오르는 불안과
틈새의 빛마저 잡아먹는 우울과
적당을 모르고 자라나는 의심

완전히 몇 시간 전의 나와는 달라
어쩌면 나도 모르게 태어났다 죽는
하루보다 짧은 새벽살이일지 몰라

오늘과 내일은 다를 수밖에
내일과 모레는 다를 수밖에

달그림자에 태어나

아침 조명에 산화하는 어젯밤

걱정의 이름은 새벽살이.

12月

거짓 우월성

도착한 곳은 위나 아래가 아닌
위나 아래만을 쫓게 하는 트랙

경쟁자 한 명 없는 경주에서
벗어날 수 없는 제자리에서
바뀌지 않는 풍경에서
높이가 없는 수직선에서

몇 바퀴를 돌든 같은 경기장인데
바라던 정상은 전혀 다른 곳에 있는데
울부짖는다, 자신이 이겼다고
무패의 1등이라고

비루한 트랙 위에서

틀 없는 새장 속에서

아무도 없는 모서리에서

없는 대상을 짓밟으면서

터진 폐를 붙잡은 채로.

자평

이전까지 걸어온 길을 기억하지 못하는데
어떻게 이리 걸어왔다고 말할 수 있겠습니까

어제의 선인이 오늘의 악인임을 알지 못하는데
어떻게 배반당한 적이 없다 말할 수 있겠습니까

제 생각을 온전히 글로 쓰지 못하는데
어떻게 배움이 충분하다고 말할 수 있겠습니까

살아온 인생을 기억하지 못하는데
어떻게 성장했다 말할 수 있겠습니까

그래서 저는 여전히,

걷지 못하는 갓난아이이고

사람을 헷갈리는 어린아이이며

배움이 먼 학생인 동시에

어른이 되지 못한 성인입니다.

곡해 순환논법

변화가 힘든 이유
삶이 너무 힘들어서

삶이 힘든 이유
변화가 너무 힘들어서.

허수아비

홀로 걷지 못하는
나를 욕하지 말아주오

홀로 서 있는 일도
그만큼 고된 일이니.

나비

한껏 펼쳐 보이자
나비의 날개
가장자리엔 누군가 베어 문
삼각형 흉터 가졌으나

비늘이 부재한 너의 공허
뒤로 머무는 풍경이 채우네
혹시나 여물지 못한 나의 흉터도
무언가에 의해 채워지려나

다시금 자유를 누려보자
무대가 될 하늘을 바라보자
떠가는 구름아, 간곡히 불러보자

동경을 휘젓는 날갯짓-

지금만큼만 사랑하자

하늘 아래 꽃 옆에서

세상 아래 네 옆에서.

남색 점

내면에 뚫린 구멍 바닥엔
대체 무엇이 있나 궁금하여
꾸준히 아침을 길어 왔습니다

노력이 습관이 되어 힘이 들지 않고
습관이 일상이 되어 신경이 쓰이지 않고
일상이 삶이 되어 기억이 흐릿해질 때쯤
아득하리만치 익숙해진 호기심이
드디어 바닥과 마주하고

안면도 없이 고립된 그대
무릎을 꿇어앉아 환영합니다

넘실대는 과거와 묻힌 작은 애인이여

자책에 겨워 세월을 놓친 어린 자아여

반하는 모든 것으로부터 도망친 우인이여

이제야 손을 잡고서, 함께 돌아가는 집입니다

떠나간 구멍 자리에는

푸른 점 호수가 생겼지만

이제 더는 찾으러 갈 일이 없어

아래위로는 흑과 청, 남은 것이 남색입니다.

부모님 얼굴

닮아가길 원합니다
떠나간 당신을

거울 속의 나로부터
기억할 수 있게끔

흐르는 눈물이
당신을 이해할 정도로

짊어진 짐 많아
충분히 무거워졌다고.

순서

좋은 것을 담기 위한 삶
그것을 위해선 무엇부터,
좋은 것을 가지고자 하기보단
그것을 담기 위한 그릇부터.

친절

가로설 이가 없어 외롭네
이해할 이가 없어 외롭네
마주할 이가 없어 외롭네만
내가 높이 있기 때문이라
빗어닐 마음은 없었네
외로웠으나 자랑스러워
의심만 품고서 살았네

그러다 행인의 물음
머리에 닿고서야 알았네
가로설 이가 없다 믿었고
이해할 이가 없다 믿었고
마주할 이가 없다 믿었네만
내가 낮게 있기 때문이라
머무를 마음은 없었네

교만이고 자만이었구나

평생을 속죄와 살았네.

양립뿐인 사회

꿈을 팔아 생을 사는 사람
생을 팔아 꿈을 사는 사람
나를 죽여 너를 지키는 사람
너를 죽여 나를 지키는 사람

사회가 내세운
양립밖에 모르는
거대한 관념과 악, 동의 없는 계약.

01月

1월

1년 위로 내리는 초월의 눈

시간을 덮어쓰는 순백의 칠

더 나은 작품이 그리어질

다음 해를 위하는 전년의 장지.

위험신호

며칠 관리를 잊으면
깜짝할 새 녹이 슬고
불협화음을 내는
효율 나쁜 체계입니다

눈물을 떨어트려 주세요
고장 위험 고장 위험
애정을 보충해 주세요
고장 위험 고장 위험

남에게 신경 쓰느라
귀 기울이지 않으면
놓치고 말 위험신호
내면의 알람.

시간

놓고 온 게 있는데
가지러 갈 수가 없어
고집이 계속 자라
움직이지 못하고 가만히

까먹고 걸어온 거리
지그시 바라보니
앉은 주머니에서
때를 맞추어 흘러나오는 것

이윽고 저번에도
잃은 걸 놓지 못해
분실물이 늘었음을
다시 한번 깨닫고.

보탬

고쳐 쓰기에는 고칠 곳이 없으니
고쳐 쓸 게 아니라는 말씀도 맞고
보태 쓰기에는 보태 쓸 곳이 넘치니
보태 써야 한다는 말씀도 맞네요

누가 사람을 고쳐 쓸 수 있을까요
부족한 서로가, 서로를 보태어 살아온 것을.

개나리

수줍게 피어오르는 웃음
짧게나마 꾸벅, 인사

아름다운 너희에게
벌이 꼬이는 일이란 없어라

노란 모자를 쓴 아이들
아장아장 걷는 희망과 봄.

외사랑

자의로 주어
타의가 아니면
돌려받지 못한 채
홀로 떠도는 마음.

새벽 불면증

새벽이 갔습니다
새벽이 돌아가니 새벽이 있습니다

새벽이 있습니다
새벽을 지나치니 새벽을 만납니다

새벽을 만납니다
새벽과 인사하니 새벽이 웁니다

새벽이 웁니다
새벽을 토닥이니 새벽은 웃습니다

새벽은 웃습니다
새벽을 그리워하니 새벽이 없습니다

새벽이 없습니다

새벽을 잊으니 나를 만납니다.

삶 – □ = 살

입을 닫으면 남는 건 육신
걸을 줄만 아는 의식 잃은 시체요
하고자 하는 말을 하시오
다만 생명을 살리는 말이어야 할 거요

세상에는 시체 산이 충분하니
대우받을 생각일랑
죽이는 말을 하거든 접으시오

사람 행세를 하는 살덩어리는
이미 차고도 넘치기에
입을 뜯어버리고 싶소?
시체 한 구가 올라간들
그곳은 정상이 아니오.

02月

선도

어둠을 거닙니다
갈림길을 마주합니다
왼쪽으로 갑니다
절벽이 반깁니다
뒤로 돌아갑니다
경고판을 세웁니다
오른쪽으로 갑니다
은혜를 갚기 위하여
받은 대로 살아갑니다.

별무리

평범하기 그지없던 인연 가운데서
특별함을 찾아낸다는 게 어찌나 궤변 같은지
널리고 널린 우리가 특별하다는 게
어찌나 자연스러운지

우리는 그저 우리로 충분한 별 무리
그 사이에서 꼬리를 물고 떨어져도 괜찮은 별이
단 하나 없음은 과연
특별할 만큼 당연하지 아니한가.

마음의 주인

만개한 꽃의 주인은
씨를 심은 사람

마음도 다를 바 없이
설렘을 심어 준 사람

그러니 지금의 제 사랑도 여전히 당신의 것이고
지금의 제 사랑도 여전히 활짝 핀 꽃입니다

피어난 자리로부터
가득 채운 들판을 보고 싶으시답
햇빛 되어줄 미소를 지어주시고

그곳 더 나은 풍경을 원하신답
잠시 다음 겨울이 오기까지

제게서 눈을 돌려주시지요.

결혼기념일

한순간의 설렘이
한생의 설렘이 된 날.

셀 수 없을 만큼 많은

불어오는 바람을 골라낼 순 없습니다
오고 가는 바람을 가둬둘 순 없습니다
무향의 바람을 게으르다 욕할 순 없습니다
바람은 불고, 흐르고, 나릅니다만
바람이 정하여서 되는 일은 아닙니다

찾아오는 마음을 골라낼 순 없습니다
흐르는 마음을 고집으로 가질 순 없습니다
맞닿지 않는 마음을 욕할 순 없습니다
마음은 불고, 흐르고, 나릅니다만
사람이 정하여서 되는 일은 아닙니다.

옥토끼

내게는 달에 있는 네가 외계인
네게는 지구에 있는 내가 외계인

다른 점은 한 가지
너는 매일 일하며 부지런하지만
나는 매일 노닐며 게으르다

손에 든 것이 절구와 공이가 아닌 펜이었다면,
보이는 것이 먼지 휘날리는 황무지가 아니었다면,
너는 필시, 나보다 훌륭한 시인이 되었을 테다.

무해

한 걸음 하면 두 걸음
세 걸음 하면 일곱 걸음
열 걸음 하면 어디로 갔나

얼핏 뛰쳐나간 듯해도
부르면 다시 쪼르르
어이쿠 넘어진 듯해도
털고 다시 일어나면 꺄르르

하나 하면 둘이고
둘 하면 셋이니

너희 세상에서 행복
메마를 일 있으려나.

필름

얇은 시간 위에 주인공만 비추니
언제를 회상한들 빠짐없는 너요
끝에 다다라 전체를 돌아보아도
한 편 영화라 하기에 손색이 없네.

순수

궁금한 걸
물어보세요 하면

나이가 몇이세요?
몸무게는 몇이에요?
첫사랑 있으세요?
키가 몇이에요?

순수인지,
나 또 너희를 보다가
잊었던 꿈을 꾸었네.

보통의 소원

"하나님! 왜 부족한 것들을 주십니까!
돈과 집, 차, 음식, 사람, 기회
끝없이 풍족하지 아니하고 일시적일 뿐
어찌 반쪽짜리의 은혜를 주십니까!"

허무를 요구하는
정확한 보통의 소원.

농도

술에 취하신 그대가
입에 사랑을 담으셨는데
저는 받을 수가 없었습니다

술에 취하신 그대 앞에서
입에 사랑을 담았다면,
차마 그럴 순 없었습니다

제가 사랑하는 그대는
가장 그대다운 그대
저의 사랑을 대하는 자세가
술이 가진 농도보다 진하였기 때문입니다.

살리는 침묵

답답하고
부자연스럽고
의심되고
짜증 나는

공백이 있습니다

하지만 때때로는
이해 못 할 공백이

숨을 틔우고
긴장을 덜고
확신을 낳고

생명을 살립니다.

같이 울

비가 오면
마음껏 웁시다

아니면 같이 우실 분
이세는 없으니까요.

시지프의 돌

안심하면 멀어지고
긴장한 채 가까워져도
눈 깜빡이면 제자리입니다

잠깐 닿을 일은 있어도
머물 일은 없습니다

바로 옆에 있는 지금도
거리의 행인들과 다를 바 없으나

자연스레 이 간격과
과정까지 사랑하게 된 저는

오늘도 묵묵히
마음을 굴립니다.

크기

빽빽하게 박혀있는 글들이
무지성하고 어지러워 보입니다

내용이 병들어서일까요
제 마음이 병들어서일까요
할머님께 찾아가 물었습니다
하신 말씀은 참 맞는 말씀이시더군요

"쪼매나서 읽을 수가 없네."

낚시

찌를 풀어놨습니다
무엇이 미끼냐마는
재빠르게 올려보면
뭣도 없습니다

다행히 시간은 넉넉하다만
흔들리고 휘어짐에
다음을 던지기보단

망망대해를 퍼다 놓고
간직할까 고민합니다.

시인

별거 아닌 것 사이서
별걸 찾아내는 사람이라는 둥-
양껏 고심한 말을
펜으로 떠드는 사람이라는 둥-

그것 참
거창한 변명인 줄로 보입니다
결국엔 시가 좋아서 한,
치기 어린 개명일 텐데요.

두고 가는 말

단지 저희가 해야 할 일은 올바른 길로 나아가는 것. 맞닥뜨리는 사건과 환경으로부터 마땅히 찾아야 할 것을 찾아 가장 소중한 의미를 후손에게 물려주는 일입니다. 자신을 포함한 세상의 존재들을 모두 사랑할 수 있을 때까지. 그저 마주하고, 마주하고. 용서하고, 용서하는 일입니다.

그러니 역경을 미워하지 마세요. 하나씩 알아가게 될 스스로의 단점을 외면하지 마세요. 아는 걸 넘어서 이해하는 영역이 넓어질 때마다 위로해줄 수 있는 존재도, 포용해줄 수 있는 일도, 사랑할 수 있는 가치도. 분명 함께 늘어날 겁니다.

그럼에도 불구하고 삶은 힘든 여정이라고 했죠.
의심되어 포기하고 싶을 때는 기억하세요.

우리의 불빛이 멀리에서는 별이고, 만나서는 별자리고, 모여서는 별무리고, 퍼져서는 은하이며,
끝내는 한 번쯤 하루를 더 살게 해주었던 아름다운 밤하늘의 광경이 된다는 사실을요.

최선을 다하는 당신은
반드시 빛으로 기억될 겁니다.

누구나가 밝을 수 있는 빛 속의 빛 따위가 아닌, 어느 곳에서나 변치 않을 희망.

어둠 속에 빛, 어두운 빛으로.

며칠을 함께해주신 당신에게

어떠한 단어로도

표현할 길 없는 기쁨을 느낍니다.

감사합니다, 사랑합니다.

다시 봅시다.

어두운 빛

ⓒ 여조, 2024

초판 1쇄 발행 2024년 9월 5일

지은이   여조
펴낸이   이기봉
편집   좋은땅 편집팀
펴낸곳   도서출판 좋은땅
주소   서울특별시 마포구 양화로12길 26 지월드빌딩 (서교동 395-7)
전화   02)374-8616~7
팩스   02)374-8614
이메일   gworldbook@naver.com
홈페이지   www.g-world.co.kr

ISBN   979-11-388-3502-2 (03810)